AF438256

INSTALLATION

DU

BUSTE DE LA RÉPUBLIQUE

A VALMONDOIS

13 JUILLET 1879

PONTOISE

IMPRIMERIE PUTEL ET DÉSABLEAU, RUE BASSE 61 ET 63

1879

INSTALLATION

DU

BUSTE DE LA RÉPUBLIQUE

À VALMONDOIS

13 JUILLET 1879

PONTOISE

IMPRIMERIE PUTEL ET DÉSABLEAU, RUE BASSE 61 ET 63

1879

DÉPÔT LÉGAL
Seine & Oise
N° 1179
1879

INSTALLATION

DU BUSTE DE LA RÉPUBLIQUE

A VALMONDOIS

13 JUILLET 1879

Le dimanche 13 juillet se célébrait la fête patronale de Valmondois. Le conseil municipal avait saisi cette occasion pour procéder à l'installation du buste de la République. L'obligeante et sympathique fanfare de l'Isle-Adam avait bien voulu prêter son gracieux concours à cette cérémonie, à l'occasion de laquelle le Maire a prononcé l'allocution suivante :

Mesdames, Messieurs, ou, si vous le permettez, mes chers Concitoyens,

Je ne veux pas laisser finir cette cérémonie, dont tout le charme sera dû à l'obligeance de la gracieuse Société musicale de l'Isle-Adam et à l'amabilité des personnes qui, malgré un ciel un peu nébuleux, ont bien voulu nous honorer de leur présence, sans prononcer quelques paroles appropriées à la circonstance. Mais n'ayant point l'habitude de parler devant un nombreux auditoire, je vous prie de vouloir bien être très indulgents pour le ton sur lequel je vais m'exprimer.

La tradition nous a appris qu'il est d'usage que le buste des souverains, qui ont tour à tour régné sur la France, a toujours été placé dans les salles des mairies de nos communes, de même que leur effigie est frappée sur nos pièces de monnaie. C'est un usage du meilleur goût, qu'il est bon de conserver, je crois.

Or, depuis bientôt neuf années, notre nation a recouvré son indépendance et proclamé la République, et cependant le buste de celle qui représente la souveraineté du peuple manquait encore à notre maison commune. Nous sommes donc bien en retard dans l'accomplissement d'un acte que nous élevons à la hauteur d'un devoir, et j'éprouve, je l'avoue, un peu de honte à le confesser. Mais il est vrai de dire que si jusqu'ici ce buste nous a manqué, l'image de notre souveraine a sans cesse été présente à nos yeux, et son amour, son amour sincère, basé autant sur notre goût que sur la saine raison, basé sur un pur patriotisme, son amour, dis-je, est profondément gravé dans nos cœurs reconnaissants. Les votes consécutifs de notre commune intelligente et libre, les actes du Conseil municipal depuis 1871, en sont la preuve la plus éclatante : *et tout l'honneur en revient*

*au corps électoral, très clairvoyant, auquel j'adresse
mes plus vives félicitations pour sa belle conduite,
pour la voie franchement libérale dans laquelle il est
entré et a persévéré, de plus en plus, depuis neuf ans!*
Désormais (ce sentiment est partagé par des hommes
considérables), désormais la commune de Valmondois,
cependant bien petite, est moralement grande, très
grande par la conduite qu'a tenue *la majorité des
électeurs*, et mérite d'être rangée au premier rang
parmi *nos cités les plus sages!* C'est en considération
de cette conduite que les élus du suffrage universel
offrent aujourd'hui à cette commune le buste officiel
de la République, en faisant des vœux pour qu'il
passe à la postérité la plus reculée!

Pour finir, celui qui a l'honneur d'être placé à la
tête de ce village par la volonté de ses concitoyens,
demande à la réunion la permission de lui lire
quelques strophes qu'il a composées pour la circonstance, sans prétendre s'élever à la hauteur de l'art de
faire des vers, pour expliquer à ses compatriotes
comment il entend que doit procéder un gouvernement républicain honnête et pur, dont le but est de
rendre les hommes le plus heureux possible, en fermant
l'ère des guerres et des révolutions, et en assurant à
chacun, dans la sphère où le sort l'a placé, une
existence honorable et une entière sécurité.

Si je n'avais écouté que les sentiments que m'inspire mon patriotisme, ces stances auraient été plus
véhémentes. J'ai préféré prendre un ton plus doux et
plus modeste, susceptible d'être mieux en harmonie
avec les esprits encore un peu craintifs, mais qui,

avec le temps et de la bonne volonté, se familiariseront avec nos institutions actuelles, toutes paternelles, et qui doivent plaire à tous les esprits calmes et sensés, puisqu'elles ne sont que le gouvernement de tous par tous, gouvernement qu'on doit reconnaître comme *le plus légitime*, puisqu'il est l'émanation du suffrage universel.

Une remarque en passant :

Nous avons, mes chers concitoyens, la bonne fortune de voir notre cérémonie correspondre avec l'anniversaire de la prise de la Bastille par nos pères. En effet, il y aura demain 90 ans que le peuple de Paris, au son lugubre du tocsin, secondé par les gardes françaises avec du canon, et ayant à sa tête, le sabre à la main, Claude Fauchet, prédicateur de Louis XVI, se précipita sur cette forteresse qui servait aussi de prison d'État, s'en rendit maître et la détruisit! Cet acte héroïque est le commencement du dernier coup porté à l'affreux régime féodal. C'est le commencement de cette immortelle révolution qui devait laisser de si longs et si profonds souvenirs dans la mémoire des hommes, et apporter de si grands changements dans notre état politique et social; de cette grande révolution qui a trouvé nos pères courbés sous le joug, accablés d'une foule de charges plus ou moins lourdes et vexatoires qui leur laissaient à peine de quoi sustenter leur malheureuse vie; de cette révolution salutaire qui a trouvé le paysan réduit à l'état de servage, l'a détaché de la glèbe et l'a fait homme libre !!!

Cet affranchissement, mes chers concitoyens, est le bien le plus précieux que nous tenions de nos pères. Je pense que pas un de nous ne voudrait le perdre aujourd'hui. Pour moi, j'y tiens plus qu'à la vie même.

C'est en l'honneur de cet événement à jamais mémorable, accompli les 14 et 15 juillet 1789, qu'aujourd'hui même, à Paris, le président de la République passe la revue d'une partie de l'armée française chez laquelle, malgré ses malheurs, l'honneur national s'est conservé intact. Ainsi, il y a fête à la fois dans une des plus grandes villes du monde, dans la première ville de France, et dans une de ses plus humbles, de ses plus petites communes, celle où nous sommes, qui s'honore d'être une des meilleures filles de notre grande Révolution !

Voici, après cette longue disgression, les strophes que je vous ai demandé la permission de vous lire.

Ce sera bientôt fait :

> Probité ! reprends ton empire ;
> Trop longtemps il te fut ravi ;
> La fortune te vient sourire :
> La France renaît aujourd'hui !
> Trop longtemps la main d'un parjure
> L'a opprimée outre mesure
> Au mépris des plus saintes lois !
> Présomptueux et téméraire
> Un potentat, par l'arbitraire,
> O France ! t'a mis aux abois !

RF

O jour à jamais lamentable
Qui vit livrer nos fiers soldats
Par l'ordre le plus détestable
Sans tenter le sort des combats !...
Et la patrie du grand Turenne,
Courbée, écrasée sous la peine,
Devint la proie des assiégeants !...
Mais de ce jour si fatidique
Du moins sortit la République
Pour panser nos cœurs tout saignants.

(A cet instant, le maire lève le voile blanc parsemé de roses qui couvrait le buste, et des applaudissements frénétiques éclatent de toutes parts. Puis le maire continue :)

Je te salue, ma souveraine,
Je te salue avec bonheur !
Viens, viens renouer notre chaîne
De prospérité et d'honneur.
Sois généreuse, magnanime ;
A ta puissance légitime
Nous jurons tous notre concours !
Sous ta juste et douce influence
(Nous en nourrissons l'espérance),
Pour nous renaîtront de beaux jours !

(Une couronne composée de feuilles de chêne et de fleurs est posée sur la tête du buste, et le maire poursuit lentement :)

Sur ton front radieux, qui est la douceur même,
Je pose avec respect ce simple diadème,
Symbole bien sacré de notre vif amour !
Cueillies sur les coteaux et les champs d'alentour,
Ces agréables fleurs, présent de la nature,
Sont dignes de former ta modeste parure.

J'admire leur noblesse en leur simplicité !
C'est allier la grâce avec la majesté !
On ne peut trop chérir ces dons charmants de Flore,
Que Phébus en son cours sous nos yeux fait éclore,
Pour adoucir nos maux, pour consoler nos cœurs
Des crimes des tyrans ! Evite leurs erreurs !
Viens, viens panser les plaies que par leur incurie
Leurs criminelles mains ont faites à la Patrie.
Quoi ! par les potentats l'homme s'en va mourir !....
Ah ! despotes, plutôt songez à le nourrir !
Il vaut mieux cultiver que ravager la terre !
Vos exploits meurtriers amènent la misère !
Quelque grande que soit la gloire d'un guerrier,
Ailleurs que dans le sang peut croître le laurier !
Toi ! préfère celui que les beaux-arts chérissent !
A le multiplier les enfants s'ennoblissent !
J'honore le soldat, mais ses barbares mains,
Hélas ! n'ont que trop fait le malheur des humains !
La guerre ! ah ! loin de toi cet affreux apanage !
De plus douces vertus fais ton apprentissage ;
Que le fer, pour détruire, naguère destiné,
Soit pour le bien de l'homme aujourd'hui façonné :
Que d'un double ruban il entoure le globe !
Veille à ce qu'aucun lieu, chez nous, ne s'y dérobe,
Et de Denis Papin, l'admirable moteur,
Mieux qu'un trophée sanglant te fera de l'honneur !

O dieux ! revenez-nous propices ;
Préservez-nous des attentats ;
Et toi, peuple dans tes comices,
Repousse les grands scélérats !
Pour le bonheur de notre France
Que la souveraine puissance
Ne sorte jamais de ta main !
Et malgré les belles paroles
De tous ces intrigants frivoles,
Repousse-les avec dédain !

O République ! notre mère,
Aime à l'égal tous tes enfants ;
Que toujours ta main tutélaire
S'étende sur les innocents.
Le faible devant la justice,
Sa naturelle protectrice,
Doit rencontrer l'égalité :
Et ce bien si digne d'envie
Lui fera chérir sa patrie,
Auteur de sa félicité !

Fais luire partout la lumière
Pour que chacun en ait sa part :
Du bien c'est la source première,
De tout c'est le point de départ.
République, fais-nous des hommes,
Pour qu'un jour la terre où nous sommes
Ne porte que des *Decius !*
Que si jamais un nouveau traître
Tentait de se faire le maître,
Il ne trouve que des *Brutus !*

Je ne cesse de le redire,
Je le dis avec passion,
Je le dirai jusqu'au délire :
Déverse à flots l'instruction !
Dans le courant qui nous entraîne,
Toute autre digue serait vaine :
Dirige là tout ton effort !
Avec l'instruction pour guide,
Une vertu mâle et rigide,
Tout droit nous gagnerons le port.

En vain d'une loi populaire
Les ennemis de tout progrès,

A qui le jour ne saurait plaire,
Veulent entraver le succès.
Imprudents, insensés, perfides,
Qui voulez de vos mains avides
Mener le navire à rebours !
Ah ! plutôt la voûte éternelle
Verra (chose surnaturelle)
Les astres suspendre leurs cours !...

Oui, pour régner sur nos campagnes
Ces implacables ennemis,
A nos enfants, à nos compagnes
Du savoir refusent le prix.
A la faveur de l'ignorance,
De la lettre d'obédience
S'exerce trop leur ascendant.
Mais un sage ministre veille
Qui, à leurs cris fermant l'oreille,
Bientôt sortira triomphant.

Le vrai niveau égalitaire,
République, c'est le savoir :
Et ce niveau seul peut te plaire
A toi qu'anime le devoir !
Va, marche, que rien ne t'arrête,
Plane au-dessus de la tempête
Avec grandeur et majesté !
Sois juste, sois ferme, sois sage ;
A tes enfants donne en partage
Le savoir et la probité.

Feignant de te croire impossible,
L'égoïste et le fils ingrat
Te montrent comme incompatible
Avec nos mœurs et notre état.

Ce jugement est téméraire !
Quoi donc au peuple peut mieux plaire
Que le régime de la loi ?
Et nous choisirions le servage !...
Ah ! vraiment, ce serait peu sage :
Français ! restons le Peuple-Roi !

Mais, est-ce chose si nouvelle
Que la République à nos yeux ?
Non ! Dès trente siècles pour elle
Ont combattu nos fiers aïeux.
Oui, les enfants de notre France,
Ceux qui prirent Rome et Byzance,
Formaient ses belles légions !
On les vit au nord, aux tropiques,
Et de nos vieilles républiques,
C'étaient les nobles bataillons !

Rome, Sparte, Lacédémone
Sont des exemples éclatants,
Que, sans monarque, sans couronne
Peuvent surgir de beaux talents.
Cités d'immortelle mémoire
Vos fils se sont couverts de gloire,
Encor qu'ils étaient plébéiens!
De leurs états quittant les rênes
Les rois accouraient à Athènes
Briguer le rang de citoyens !

L'air libre et pur qu'on y respire
Engendre les plus grands esprits ;
A cet air le génie s'inspire
Et voit croître les plus beaux fruits.
Platon, Sophocle, Démosthènes,
Phidias, les fils de Mytilène,

Honorent leurs belles cités !
C'est le temps où les Républiques
Réchauffent les vertus civiques
Au feu divin des libertés !

Naguère, disait un grand homme,
Que la mort trop tôt vint ravir :
La République c'est la forme
Qui par raison doit nous unir.
Désormais seule elle est possible.
Bonne mère à tous accessible,
Tout bon français doit l'accepter.
Forme neutre par excellence ;
Elle est l'image de la France
Qu'il faut chérir et respecter.

Ah ! qu'ils ont été grands, nos pères,
Quand se réveilla leur courroux ;
Quand du servage, en leurs colères,
Terribles ils brisèrent le joug !
Toi ! digne à jamais de mémoire,
Quatre-vingt-neuf couvert de gloire,
Qui vit surgir tant de héros :
Guide-nous toujours sur leurs traces
Et qu'ils ne voient jamais leurs races
Pâlir en face d'Atropos !

Que le plus pur patriotisme
Nous tienne soumis à nos lois !
Ne prêtons plus au despotisme
L'appui précieux de nos voix.
O mon pays ! tu vis des princes
Te coûter de belles provinces.

Et tes lauriers ils ont flétris !...
Oui, ils ont perdu tes conquêtes,
Et tes yeux pleurent tes défaites
Sur les cadavres de tes fils !...

Sois sourde aux accents de Bellone ;
Abhorre ses affreux exploits ;
Si par tes mains la foudre tonne
Que ce soit pour venger tes droits !
Exècre ces champs de carnage,
Ce beau sang dans lequel on nage,
Spectacle de deuil et d'horreur !...
De quelque gloire qu'on se pique,
La plus belle est la pacifique :
Que seule elle plaise à ton cœur !

Entends la voix de la sagesse,
France, qui vient pour te guider.
Elle te crie : point de faiblesse,
Sois attentive à discerner !
Et peu importe l'origine !
Tes entrailles sont une mine
D'hommes honnêtes et de talent,
Tous dévoués à la patrie,
Prêts à sacrifier leur vie
Pour lui reconquérir son rang !

Ciel ! garde-nous la République
Pour l'honneur de la nation ;
Qu'à la servir chacun s'applique,
Et borne son ambition.

Mets-la aux mains de la prudence,
Fais-là suivre de l'abondance
Pour le bien de l'humanité ;
Et que sous son ère féconde
Règnent sur tous les points du monde
La paix et la fraternité !!!

Ch BERNAY.

www.ingramcontent.com/pod-product-compliance
Lightning Source LLC
Chambersburg PA
CBHW061455050726
47593CB00004B/1624